KB120587

딱따구리에게는 두통이 없다

시작시인선 0186 딱따구리에게는 두통이 없다

1판 1쇄 펴낸날 2015년 9월 23일
지은이 양균원
펴낸이 이재무
책임편집 박찬세
디자인 소은영
펴낸곳 (주)천년의시작
등록번호 제301-2012-033호
등록일자 2006년 1월 10일
주소 (04618) 서울시 중구 동호로27길 30, 413호(묵정동, 대학문화원)
전화 02-723-8668
팩스 02-723-8630
홈페이지 www.poempoem.com
이메일 poemsijak@hanmail.net

ⓒ양균원, 2015, printed in Seoul, Korea

ISBN 978-89-6021-240-4 04810
     978-89-6021-069-1 04810(세트)

값 9,000원

딱따구리에게는 두통이 없다

양균원

천년의
시 작

소나기의 창살, 흐릿하고 차다

막 시작된 소음 차단용 음악
스타일은 자유, 악기는 무제한, 연주란 이런 것이다
온갖 상념을 일시에 묻어 버리는 소리의 무덤

네 목소리가 들리지 않는다

물때 낀 하늘가 쪼아 대다
떼 지어 선회하고 있는 무성한 나뭇잎들

더 이상 나아갈 수 없다

세상이 물밑으로 사라진다, 잠깐이겠지만
내가 먼저 사라진 것이겠지만

깨자, 정적을
수초 사이로 미끄러지는 무지개 꼬리
한 마리 수컷이여, 어서 강물 속으로

차례

시인의 말

6

제3부

제1부

잔수 결빙

거실을 지나 부엌으로
낯익은 어둠을 횡단하는데
한순간 발바닥이 차갑게 도달하는
강 밑바닥의 흔들리는 어지럼
처음엔 물주전자가 흘린 거라고 여겼다
다음엔 설거지물이 튀긴 거라고 여겼다
밤에, 아무도 더 이상 널 집적이지 않는
지속 가능한 침묵에서
네가 모으고 모아
흘려보내는 눈물인 줄 알지 못했다
문을 열어 두니 띵띵 전자음이 예쁘게
네 차가운 속을 열어 두지 말라고
경고한다, 닫는다, 닫혀서 조용한 네가
닫아야 살맛나는 네가, 혼자 있겠다던 네가
밤새 무슨 짓을 벌인 것이냐
며칠째 닦아 주기만 하다가
오늘, 전문가를 불렀다
나는 마음으로만 다가가기 일쑤여서
곁에 있어 주면 족하다고 여기고
네 육신의 병을 치유할 도리가 없었기로

그렇게 눈길만 주는 존재라는 걸
깨닫고, 미안하다
네 냉정한 품에서 오늘도
서리꽃이 핀 한 조각 붉은 수박
단맛의 위로를 꺼낸다
허락 없이 훔치기만 해서
역시 미안하다

너희들의 거처

기운 두상을 대칭으로 세우느라 2분 초과
나는 7분에 완성되었다

여권 첫 장에 박힌 얼굴

응시당하기 위한 포즈에서
귀 드러낸 내가 정면을 응시하고 있다

언제부턴가 사진은 빛보다 그늘을 강조하기 시작했으
므로
드러내고픈 것보다 감추고픈 것이 더 많아졌으므로

오늘의 나를 외면하고 싶은
나를 증명하는 것은

지금 이곳의 내 모든 근황을 얼굴에 기록하는 것이어서
추억이나 꿈이 애초에 아니어서

거부당한 옛 사진에 아직 맴돌고 있는 저 윤기
몇 장의 출입국 도장들과 더불어 근엄한 내가 만료되었

으니

사진관 구석에서 벼락치기로 완성되는 사실주의
10년은 유효할 나의 최근에 마주하여 나는

잃어버릴지도 모를 것에게 돌려보낼 곳을 적으려 한다

여권 마지막 장의 텅 빈 주소란
청사 느티나무 잔가지 사이로 새고 있는 겨울 햇살

온기 닿지 않는 것들 곁에 용케 빛나고 있다

도로명 번지수가 언뜻 틀린 듯해서
아무것도 내 것 같지 않아서

낯선 길 위에 서는 것, 이것이 전부인 순간의 쓸쓸 속으로

가 보지 않은 나라의 내 주소는
계속 비워 둘 것

투명우산

버스는 떠났다
다시 내리꽂히는 빗물을 향해
아차, 두고 내린
우산을 조용히 폈다
나를 품에 가리고
대신 내미는 푸른 곱사등을
사정없이 두드리는 것들
그 젖은 등짝 아무도 볼 수 없으므로
내가 노상에서 흠뻑 젖어도
이상할 게 없다
어찌 이리 목이 마르고
온몸에 버짐이 일 듯 가려운지
실핏줄 저며 오는 내 안의 빗물이
보이지 않는 우산 탓인가 하여
아예 단정하게 접었으나
그러다 한칼 뽑을 기세로
허리춤에 차고 섰으나
그 시퍼런 살기
아무도 알지 못했으므로
툭툭, 빗방울 떨어지는 우산살로

다들 내 이마 찌르며
다들 지나가고 있다

고흐의 빗빛

겨울비

다 뜻이 있는 거겠죠

쌓인 눈이 세상에 남긴

흉한 자국을 씻으려는 걸 거예요

차창에 김이 서리고 맺히고 흐르고

상처도 없이 짓물러진 세상에

신호등 불빛이 소용돌이쳐요

이런 날은 차가 막히죠

온몸에 곤하게 기대 오는 습기

평행우주가 열리기 좋은 시간이에요

난간에서 네온들이 예고 없이 뛰어내리고

아무도 듣지 못할 헛휘파람에

일사불란하게 눈시울 붉어지는 후미등 긴 행렬

세상 모든 불빛 속으로

젖은 빗빛 쏟아지는 밤

서울 버스에 서서 고흐와 나란히 졸다가

그래요, 내릴 때를

잊었어요

나 홀로 브런치

허기진 혀가 할 수 있는 일. 적도의 호랑나비를 낚아채는 것. 날아온 파울볼에게 날름 채집망을 뻗는 것. 날쌔게 감아 당기세요. 흔들리는 함박눈에게 냉큼 침을 발라 주세요. 이도저도 아니라면 사철 개구리로 살도록 그에게 저주를 내리는 것.

움켜쥔 볼펜. 흰 종이에 핏기 없는 각혈을 한다. 눌린 자국으로만 써 내려간 첫 글자. 휘갈기고 긁어내려도 완강하게 속을 드러내지 않는 잉크.

시작되는 축소술. 어깨가 오그라진다. 팔다리가 안으로 접히고 둥글게 몸이 말린다. 이렇게 굳어 가 가을이면 산허리의 돌배가 될 것. 과즙은 시큼일 것. 뒤집힌 세상, 발끝 너머 허공으로, 어디로 갈까, 낙하 직전의 잎들이 몸을 가눈다.

꼬리뼈가 간지러운 시간, 아점으로 무엇을 먹을까.

백 투 더 패스트

화장실 찾는 여행객에게 그걸 밟으면 행운이 온다고
들판 아무 데나 일을 보란다
그런다고 밟으랴만

감추고 싶지만 드러날 수밖에 없는 것들
안내인은 애써 변명하려 하는데
필요 없다 내게는

타임머신을 타고
지금 여기에 불시착한
1970년 10세의 담양 촌놈에게는

씹던 껌쯤 거뜬히 차창 밖 던져 버리고
마주 달리는 차량들 사이로 자전거 릭샤 타고 느긋이 가
는

사는 게 다 그러하므로
당당히 이게 문화라고 외칠 수 있는

싯다르타 하이웨이 혹은 탄금리 신작로

가로등 깜박이다 꺼지는 저녁 9시
흙발의 소년이 호텔 아쇼카의 발전기를 돌린다

네팔의 대지는 가슴이 더운가 보다
뭔가, 생각보다 덜 차고 덜 더럽다

서울 까치 식이요법

단감나무 홍시에
햇살 마른버짐이 핀다
닿을 수 없는 공중
소식 감감하게 바람이 스치고
놀란 가슴 더 이상 쓸어내리지 않는
구급차 사이렌이 울고
다 지나간 후에
여전히 거꾸로 매달려 얼고 있는
아니, 얼마나 오래 녹고 있었을까?
짓무른 인중에 콧물이 반쯤 흐르다 만
예닐곱 까치밥을 본다

서울 까치는 다이어트 중

그만 뛰어내려라, 연시야

까치마저 탐내지 않는 시간
내려오라고 아무도 손 내밀지 않는 풍경에서

몽당비누 거품으로

백치의 아침
왜 다른 게 아니고
헝클어진 내 머리 꼴이 맨 먼저 떠올랐을까
샤워 꼭지 아래 섰다
날 추슬러 온 맹목의 습관
물이 쏟아지고
샴푸를 더듬는 순간
어느 공동 묘역에 난 서 있는 걸까
감은 눈가 간질이던
향긋한 감촉들 다 어디 가고
가늘고 긴 목으로
흐윽 흑 헛바람 소리만 내고 있느냐
하나도 아니고 셋 넷
리필마저 깡그리 거부했는지
욕조 구석에 겨울 묘석처럼 도열한
빈 통의 소가지들, 오늘은

몽당비누 거품으로
너희 제단을 먼저 닦으리

발길 조심

해삼이 촘촘 잘리고 있다

시큰한 초장
아드득 씹힐 바다
잠깐의 짬에는 소주가 그만

단풍이 시작된 등산로 시월
넋 놓고 먼눈팔다가
물큰, 밟히는

해삼이 기어가고 있다

속엣것 다 내보낸 후
땅바닥에 냅다 배를 깔고 꿈틀대는
밤송이 껍질

등엣가시가 풀처럼 휘었다가
일어나지 않는

넷째 우산

거실에 펼쳐 놓은 우산 셋
아내가 한가운데 쭈그리고 앉아 있다

찜통더위에 잠깬 그녀가
잠깐 꾀를 낸 듯

우산대 손잡이에서 곧장 날아오는
삶의 구린내가 내내 싫었을 것

저러다 마르고 다시 젖더라도
끈적이는 살갗과 잠시라도 떨어져 살고 싶었을 것

활처럼 휜 등짝 그대로
넷째 우산이 된다

손닿는 데마다 곰팡이 피우고 있는
난, 아무래도 장마인가 보다

붓꽃이 아냐

당신의 골목길에는
누군가의 화단이 하나쯤 서 있다

누울 만한 땅은 없으므로
그냥 뭔가와 뭔가 사이에 우연히 놓인
용도 불량의 공간에 서 있다

오늘도 당신은 그 곁을 지나간다

셋방살이라도 하듯
현관 아래거나 지하 주차장 입구로
주소를 옮긴 서너 그루 분꽃

아침나절 순하게 피었다가
햇살 눈부신 시간, 입 다물고 있다

나를 잊었다고 서운했으나
내가 먼저 찾아가지는 않았던 동무 같은 것들

길 떠난 기억이 처음 시작되었던

외갓집, 툇마루에 북적대던 식구 식솔 같은 것들

바람 거셀수록 까맣게 씨앗을 품는 너희는

그래, 붓꽃이 아냐

한껏 고상한 색채와 형상으로
유혹하지 않아도

길모퉁이 빵집에 가고 싶다

새벽에 종놈이
먼저 일어나 깨우지 않으면
하루 종일 언짢다

셰익스피어 강의에서 노익장 교수는
스무 살 청년에게 남자의 일생을 가르쳤다

고전기타 배우려다
총명에 겨워 법대에 갔던 그는

비 왔다 해 떴다 헷갈리는 도봉산을 내려와
비슷하게 늙은 나를 마주 앉혀 두고

시는 천상의 언어라는데
법은 물이 흘러가는 것이라는데

그의 이야기가 나의 이야기겠지만
마른 북어 찢어 놓고 생맥주 홀짝이다

깨어나 다른 아침이면

세상사 다 비워 낸 주린 배로

종놈이 자빠져 자고 있는 문간방 부스스 지나
길모퉁이 빵집에 가고 싶다

포커페이스

며칠 사이 두 개나 깼다
따뜻한 국을 담아 오던 온유한 사발
마음이 빈 시간이면 꼭
앙증맞은 얼굴로 다가 오던 찻잔
산산조각 났다
이틀 건너 일어난 일인데
잊으려고 간직하는 것들을 위한
맨 아래 늙은 서랍이
예고 없이 열리는 이 느낌
아무 일 없는 이 순간에도 누군가
골목길 어둠에 묻혀 가고 있을 것이다
갓 졸업한 딸아이가 변기 앞에 무릎 꿇고 앉아
꺽 꺼억 성년의 찌꺼기를 토하고 있다
내 새끼가 그녀가 되어 가고 있다
더 이상 곁에 머물 수 없는 것들
어쩌면 너희에게는
준 것보다 받은 게 더 많으려니
함께 살아온 시간의 불이행 채무에 대해
그래, 고요히 포커페이스

제2부

고슴도치 두 마리 갈 곳이 없다

평생 자라는 게 있다
성장판이 닫히고 달걸이가 멈춰도
아무도 모르게 자라는 게 있다
알츠하이머의 잠 속에서도 쉬지 않는다
성욕보다 더 질긴 독종
그새 무좀균에 문드러졌다
깊이 짓눌려 누렇게 굳은 호박(琥珀)
굳은살 열고 자꾸 내게 온다
예전엔 색색이 매니큐어가 반짝였을 것
한꺼번에 잘라 내기엔
층진 세월이 너무 두껍다
행여 속살에 닿을까
발가락 열 개 요모조모 하나씩 헤아리다
차가운 손톱깎이로 혹 맨살을 집으려면
아, 감싸 안기에 너무 왜소한 저 움츠림들
그녀의 발끝
까마득한 절벽에서
꿇어앉은 내 두 무릎
푸른 추리닝에 떨어져 꽂히는
발톱 조각 날 선 가시들

두 마리 고슴도치 성난 등짝

갈 곳이 없다

어제 속으로

고향에 자주 가지 않는군요
아, 예

산 능선이나 먼 들길 혹은 젖은 자갈밭이
아무렇지도 않게 하늘과 만나는 곳

명절 때나 찾아가는가 보죠
예, 그렇지요

그이와 한 침대에 잤던 날이, 현관문 비밀번호가 얼핏 헷
갈렸던 때가, 이 집을 나가 어디서 밥을 먹을까 고민했던 적
이 아, 그래요, 발뒤꿈치 각질에 유효기간 지난 로션을 듬뿍
발라 주던 때가, 수술실 창밖으로 찾아온 유월의 끝, 말바
우 시장가는 나뭇잎들이 구루마 위로 새 떼처럼 날아오르
던 그때가, 아름다웠어요, 혼자 걸을 수 있다는 것만으로도

그이가 칠 층 베란다 창가에서
보이지 않게 손을 흔드는 것을 알았나요
그렇죠, 늘 그랬으니까

옛 사진첩 내주던 날처럼
먼 하늘만 두 눈에 가득하였으리라는 것도

마지막일 것 같은 순간들이 그이와 나 사이를 지나
어제 속으로 까마득하게 흘러가리라는 것도

언제 다시 내려갈 건가요
글쎄, 아직

아무 일도 없다는 듯

주말 아침
오늘은 그녀를 만나러 가는 날이다
하늘을 본다
푸르다
좋아
만나러 가자
편도 2만 5천 원
미뤄 둔 시집 한 권
흔들 서늘
덜컥 울컥
다행이다
접고픈 페이지가 있어서
3시간 35분 걸려서 왔다
마음이 급하다
찾을수록 멀어지는 도시를
택시가 질주한다
못 알아보시면 어쩌나
엄마가 있다
아무 일도 없다는 듯
그녀를 만났다

지상에 없다

진 꽃은 다시 피지 않아
그래도 그 자리에 새 꽃이 피지

자꾸 흙 속 파고드는 몸짓
왜 그러냐고 대놓고 물어본 적 없다
그래서는 안 될 것 같았으므로
이유를 아는 게 더 위험했으므로
겨울비 저미는 들판에
지상에 잠깐 나왔다 흔들리고 있는 너희들
나, 얼어 죽어도 괜찮겠냐고
언제고 푸른 대기 속으로 밀어 올려 줄
땅속 무언가를 믿고 오늘
허리 접힌 풀잎으로 누워도 좋겠냐고
묻고 있는, 뿌리만 내리고 살아온 것 같은, 그대들이여

속도와 소리 다 잊은 산 중턱 마른 폭포
거센 빗물에 잠 깨면 물보라 무지개 창공에 띄우겠지

허공에 독을 타라

갈라진 보도에 진통제 한 방울이 휙, 알아도 모르게 혈관으로 스며드는 무통 주사, 등짝을 열었다 닫은 수술대의 추억을 잊고, 팔자로 걸어라. 나른한 활기, 무딘 고통마저 하이, 새침한 애인에게 작별을 고해도 좋으리라. 통증이 크면 무통도 크겠지. 우, 죽여주는 이대로 침상을 내려가 운동화 줄을 죄고 고갯길 걷겠다. 신경을 잠시라도 죽이는 것은 그저 쿨, 묻힌 것일수록 드러나고 싶을 것, 하지마라, 할까, 하라, 이렇게 욕되게 사랑하는 것은 오로지 목숨이겠지. 여섯 시간 수술이 내게 주는 해답이겠지. 그러니 세상이 살 만하다고 여겨지는 무통의 시간에 숨겨 둔 상처들을 다 끄집어내자. 오늘, 저들은 모두 세상을 뜰 것, 빗물에 미끄러져 교차로를 선회하는 하늘, 어깨 짐 가득 지고 공사장 크레인에 걸렸다. 강물이 불어나고 있다. 산비탈 팔각정에 오후 한나절 기대선 것들, 그러다가 저러다가 먼 기억의 뒷전으로 어두워져 갈 것들, 무취 무색 무형의 독에 아무도 몰래 취해야 이 낡은 허리에 걸리는 일생의 무게가 잊힌다면, 그래 네 시간 약효의 무통 빗물이여, 한 통 더 부디 허공에 독을 타라.

수술을 거절당한 아버지는 몸 만들고 군인 머리 한 뒤 젊은 의사와 담판을 지었다.

나도 짧게 이별할 수 있다

날개가 때리는 것은
하늘의 뺨이 아니라 바닥의 땅이다

풍뎅이도 아닌 게
무엇을 쓸겠다고 저리 비질인지

비틀어 주기에는 모가지가 너무 두껍다

울다 지친 네 몸뚱이를
투명한 날갯짓만으로 어찌 날아오르게 하랴

제 몸 하나 스스로 뒤집지 못해도
대륙을 횡단할 철새의 유전자가 없어도

던져 올리는 손바닥에서
가없이 푸른 허공으로 잠시 날아오르길

그러다 연료가 바닥난 수송기처럼
아마존의 열대우림에 동체착륙하기를

그을음 없이

퉁, 네 생을 마감하기 위해

우산 쓴 청개구리

청개구리, 앉은키 2인치
비를 피하고 있다

부채꼴 풀잎
바람 몰아치는 방향으로 우산 쓰듯 기울이고

풀대에 가부좌로
그윽하게 흔들리는 눈망울로

30분이나 그렇게─

인터넷 신문에 실린 사진 속 그놈 나보다 낫다

난 가끔 아무것도 누구의 도움도 필요하지 않다는 듯

그냥 혼자 비 맞고 싶으니

자이언트

잘 털린 지우개 두세 개
가지런히 놓인 녹색 칠판 앞에 서면

누군가 내 마음을 문지르는 듯하다

"자이언트는 키 큰 사람을 뜻하지 않아
그래도 장신이면 더 좋겠지"

씩 웃던 그는 지학을 가르쳤다

네모가 유난히 큰 글씨로 푸른 하늘 채우고
써낸 것 다시 남김없이 지웠다

삐걱대는 책상들 사이에 성큼 내려와
나지막이 세상의 지형학을 이야기하던 그이

오늘 마지막 수업에서 나는
소리에 영상까지 엮은 슬라이드로 쌩쇼를 하고

지나갈 수 없는 산길

산중, 그늘마저 녹색이다

때죽 아까시 쪽동백에 떼 지어 걸린
은빛 연등 온데간데없고

지난해 낙엽에 뒤섞여 밟히고 부서져 가는
토막 유기된 꽃의 길

향기는 싹 씻어 내고
피도 숨결도 숲 어디론가 되돌려 보내고

최소 단위로 분해되고 있는 것들
영혼의 무게는 이제 소수점 이하일 듯

제 관절을 분질러 툭툭
허공을 치며 떨어지는 잔가지들

흰 얼룩 흩뿌려진 심경 안으로
숲이 내던지는 것들

꽃잎 바스라지게 말라 가는
저 잔인한 귀소 곁에

살비듬의 흔적이 저리 많을 줄이야

맨땅이 왠지 편하다

시동을 끈다
여기는 일동 읍내 공용 주차장
죽치고 앉아
시간의 목을 졸라 보는 것, 오랜만이다
입맛은 다방 커피지만
레지에게 건넬 눈빛이 더 이상 없다
맨땅이 왠지 편하다
주차 요원마저 나오지 않은 일요일
흙이 단물 빠진 햇살을 씹어 뱉고 있다
먹을 게 없던 시절에 자주 먹던 것
차 밖은 영하 십삼 도
죽은 채 서 있는 노변 잡풀
너무 말라서 기억마저 아예 증발해서
저리 가볍게 몸을 흔들 수 있는 것인지
저항도 의혹도 없는 이에게 바람은 바람이다
색깔 빠진 강아지풀이 삼백하고도 육십 도
다시 그 너머로 목을 비튼다
비명 소리는 없다

대공원 입구에는 나이가 없다

저 목탁 소리 참 하찮다
시끄런 까치 소리는 제 짝을 찾아가기나 하지
불전함 달랑 앞에 두고
스님이 두드려 대는 초여름 목탁 소리는 어딜 향하나
분수대 물보라 가에서 두리번대는
처녀의 흰 종아리에서
햇살이 무색하다
솜사탕이 부풀어 떠다니는
녹색 그늘마다
사진 촬영이 한창이다
중절모 위에 펼쳐진 양산
분홍 머리띠에 가려진 육아 보따리
유모차 반투명 덮개가 열리고
청바지 엄마 손에 갓난아이가 들리는 순간
찰칵, 어쩐지 나에게도
까만 선글라스가 어울릴 것 같은
나이가 나이를 잊는
아주 잠깐

뮤즈의 제단

중고차 속도계 앞에 연필 한 자루
딱히 쓸 일 없어도 그 자리 지킨 지 칠팔 년

언젠가 그분이 오실 때
운전 중에라도 목숨 걸고 몇 자 받아 적자고

칼로 깎았다
곧 멸종될 육각 나무 연필

나뭇결 매끈하게 좁혀 내려가면
까칠한 흑연의 미미한 저항

그마저 살짝 깎아 세운

기어이 그에게 지긋하게 시선을 주고
하룻날의 시동을 켜고 있는

허구한 날 이렇게 출발점에 나앉아 있는 나

곁에 있으라고

내가 명령할 수 있는 것은 없다

중력

차창에 굳은 그것
한 마리 새가 나뭇가지에 앉아
아니 어디론가 날아가다가
몸 밖으로 흘린 흔적

새에게 똥이 있다는 것은
그에게도 걱정할 하루가 있다는 것

갓난아이가 낳은 황금덩이
넋 놓고 구경하던 새내기 부모의 시간
그걸 부정하기에는 인생이 너무 소중하지만

수족관 치어 꽁지에도 길게 매달려 따라다니는 그것

물 갈고 수초 헹구고 다시 투명한 세상에 살아야 할 것
들이련만―

일도 보지 못하고 서둘러 나선 출근길
똥, 너는 누구냐

제3부

천국식당

입도 크고 엉덩이도 크다

식당이 좁다고 그릇이 작을까

허기가 깊으면 퍼 올린 국물이 넘치기 마련

나이 들수록 더 진해지는 립스틱

젓가락에 말린 비빔국수 고추장도 붉다

발 뻗고 속 편한 게 특선 메뉴

체면보다 식욕이 더 비싸다

물은 알아서 공급

반찬 추가는 말해 무엇하랴

수제비에 눈물 채 마르지 않은 양파가 가득하다

아줌마 입소문이 밑천인 이곳

나 좀 봐 달라고 나서는 이 없는 이곳

김밥처럼 속을 말고 드러누울 일이다

토 달지 말고 맛있게 먹을 일이다

땀나는 식당에선 때로 더 열심히

더워질 일이다

세월의 묽은 풀

갈수록 점성이 더 강해지는 게 있다

아파트에 장이 서는 날
채소 아줌마가 아는 체를 한다
보청기 꽂는 생선 아제 대신 동생이 나왔다
저러다 몇 달 보이지 않으면 큰일 치른 걸 거다
무뚝뚝한 건 같은데 손놀림이 다르다
몇 토막 낼지 소금 간 얼마나 칠지
알아서 손질해 주던 은근은 없다
달리아 화단 가 채곡하게 쌓인 햅쌀
뚜껑 열린 과일 상자
유난히 더워서 풍년에는 도움이 됐나 보다
이웃 나라 태풍 소식에도
속 여문 과실 곳곳에 달고
꿋꿋하게 서 있는 서너 그루 은행나무
물들어 가는 수천 잎의 붓으로
노랗게 허공에 바르고 있다

엄니가 밥알 풀어 쑤던 세월의 묽은 풀

햇살 찰싹 달라붙어 떨어질 줄 모르는
풍경 속 그대들이여

시동 끈 트럭 한 대

벤또가 도시락보다
침이 더 잘 고였던 적이 있다
초등학교가 아니라 국민학교가 동무들의 놀이터였다

지금은 귀에 설고 불경하기까지 한 옛 단어들

골목에서 트럭 가득 쌓인 센베이를 만난다
한 봉지에 이천 원 세 봉지에 오천 원

아직도 변하지 않는 게 있다
그 이름으로 불러야 제대로 생각나는 게 있다
둘둘 말린 생강 맛, 부채 펼친 김 맛, 그저 동그란 땅콩
맛

과자 공장 막내딸 입 짧은 아내가
기름 솥이 일으킨 어린 시절 불난리를 바스락 씹는다
병원 밥에 물린 시아버지에게도 센베이
자꾸 손이 가는 추억을 선물한다

기특한 일이다

찬바람 맞은 과자 세 봉지에
멀어진 얼굴들이 저리 웃음 짓고 떠오르니

스마트폰 세대라면 아무도 찾지 않을 과자 이름 내걸고
엄동설한에 시동 끈 트럭 한 대 서 있다

현관에서 아내가 반색하며 묻는다
뒷맛 아련하게 구워야 하는데
어디서 샀느냐고

쇳덩이가 울고 있다

콧김이 씩씩 새고 있다
참아 가며 살라고
겨울에 두세 번은 드라이버 대신해
백 원 동전으로 조여 주지만
눈비 섞여 내리는 오늘
혈압 오른 홧김이 분출하고 있다
연통 난로였더라면
간솔 불붙는 소리로 탁탁
뒤척이는 정적을 토닥여 줄 수 있을 텐데
언 손 부비는 박명 속으로
처음엔 막혔다 터지는 낮은 기침 소리
그러다 녹슨 철로의 속울음
이젠 허공에 쏘아 대는 훈김도 모자라
바닥에 눈물까지 흘리면서
바락바락 온몸을 속에서 치고 있는
때 앉은 은빛 라디에이터

겨우살이

폭풍에 떨어져도
사방에 불을 지른 배롱나무 꽃
봄꽃 지고 천지에 녹음이 우거진 때도
지독한 생명의 열중에서
무덤가 어디든
묽은 핏빛 오래 띠었더니만
가는 계절 놓아주고
돌아선 지금
유기견 묵은 털처럼 엉겨 있는 풀들 곁에
뼈만 남은 맨몸
꽃은커녕 잎은커녕
오직 백일의 추위뿐
짐승이라면 털가죽이라도
플라타너스라면 누더기 껍질이라도
육신에 걸쳤으련만

하늘이 서 있다

못 보던 얼굴이다

찌그러진 무가지 배급대가
전신주에 동여매어져 있는 골목

곧 배달통이 실릴 중국집 오토바이 뒷자리에
낯선 하늘이 올라서 있다

물 빠진 청바지 걸치고서
서 있는 그대로 정신을 팔고 있다

담을 넘은 능소화가 어디든 끌고 가 보려 하는
재개발 직전의 오갈 데 없는 시간

난간에 기댄 엉덩이에
친구 먹자, 똥침이라도 놓아 주고 싶건만

먼 데 살다 온 것 같은
어두워진 건물 사이 저 가느다란 몸

바다는 더 이상 시가 아니다

생전에 지느러미조차 스친 적이 없을 꽁치 두 마리
풀꽃 새겨진 도자기 접시에 마주 누워 있다

바다가 그리운 적이 있다
사무치진 않아도 아직 내 안에 있는 먼 파도의 충동

가끔은 해저의 고요나 잿빛 폭풍이 친구보다
더 가깝다고 여긴 적이 있다

하지만 오늘은 그저 자리를 박차고 나가고픈 충동
너희가 그리운 것보다 내가 미운 것이 더 참을 수 없으
므로

맹골수도 물살보다 더 빠르게 소용돌이치는 마음

두 마리 물고기가 젓가락에게 지글대는 배 바닥을 내민다
고단백 등 푸른 생선, 눈알은 넷, 둘만 나를 향하고

눈은 감았다 뜨는 것
병풍도 앞바다 시계 제로의 수심에서

구원의 손길마저 들이지 않는 바다

누군가 지어내고 고치고 노래할 수 없으니까, 그러니까
바다는
바다는 더 이상 시가 아니다

누군가 가지런히 파를 썰고 있다

숫자 몇 붉게 허공에 떠 있다
세밑 어둠 속에 나란히 자세 잡는 놈들
지금은 셋이서 걷고 있다
들려오는 층간 소음
누군가 가지런히 파를 썰고 있다
어둡고 먼 무등산이 바람을 일으킨다
곧 냉장고가 참았던 코를 골 것이다
아직 셋인데 짝이 바뀌었다
어둘수록 붉게 타오르는 시간들
첫째와 둘째 사이엔 어느새
두 점이 들락날락 이간질을 하고 있다
오일팔이 마침내 끝났다
일어나야겠다, 오늘도 감상은 금물
혼자 씻고 밥 안치고 국을 끓일 것이다
육십이 막 변심하는 참이다
어서 골목 청소까지 마쳐야겠다

세레스의 정원

창가에 놓인 빈 나무 의자 같은 당신에게

이 정원을 바칩니다

이렇게 갚아 주고 싶다

사랑보다 침묵이 더 요긴한 오늘

베란다 귀퉁이에서 동녘으로 들길 열어 놓고

안개에 머리 헹구는

연보라 수국에게 데려가고 싶다

청국장 요거트에 들꽃 얹어 곁사람에게 적요를 대접할
수 있도록

어제는 경은 엄마가 세상을 떴고 오늘은 다시 어제가 될
것이므로

산사나무 그늘에 잠긴 당신에게

만났다 헤어지고 다시 만나는 지상의 혼종을 목격할 수
있도록

가꿔 주고 싶다

숲이 일으키는 만장의 파란 가운데

가끔은 내게도 살짝 들려주기를 바라는 사계의 선율을

세레스의 비밀 정원을

세상의 언저리에 머무는 것은

1

지하 주차장이 없다는 것, 비둘기가 시도 때도 없이 차
지붕에 배설을 한다는 것, 일터에서 덕지덕지 말라 가는 그
것과 나도 몰래 친해져 간다는 것, 늦은 귀가에 비마저 오
면 손가방으로 하늘 가리고 잽싸게 동간 어둠을 건너뛴다
는 것, 그런 것이다

즐비하게 선 벗나무에서 꽃이 졌다, 주차장 허공, 다들
떠난 난만한 빈자리를 부여잡으려는 수천 헛손질, 이어서
붉은 꽃받침이 무수히 졌다, 그제야 분리수거함 너머로 촌
스런 몰골을 내미는 라일락, 생긴 것보다 풍기는 것이 더
직설적이다, 개나리보다 먼저 터진 생강나무 노란 폭죽에
서 동시다발 목련으로, 수줍은 영산홍에서 얼큰한 철쭉으
로, 6동이 먼저 4동은 나중, 꽃길이 옮겨 간다, 첫사랑이
그러하듯 천천히 멀어져 가고 있다, 매화꽃도 피고 살구꽃
도 피고 그러다 후두두둑 빗물에 누울 때 길고양이에게 제
일 먼저 신고식을 올리는 작약 두 그루, 뭔 사연이 그리 간
절하게 핏빛인지 아직도 기다림이 저리도 버거운지 5동 모
퉁이 내리막길로 긴 목을 빼고 있다, 곧 1동 입구 단감나

무에서 감똑이 떨어질 것이고 이내 골목길 담장 따라 넝쿨
장미가 삼나무 모과나무 전나무 허리춤을 감고 오를 것이
다, 봄은 짧고 여름은 오래 이어져 나의 허물을 속속들이
벗길 것이므로

　그런 것이다, 오래된 아파트에 묻혀 산다는 것은, 쿵쿵
뛰는 걸음마 층간 소음에 아무 말 않고 조카딸 사진을 바라
보는 것, 며칠째 침묵 중인 전화기를 들었다 놓는 것, 재건
축 말이 돌아다녀도 말갛게 유리창을 닦는 것, 혹여 거실에
서 하루를 마감하는 날이면 버릇처럼 내다보는 마천루 서
녘 노을, 딱히 심홍으로 물들지 않았다고 해도, 그런 하늘
아래 내가 숨 쉬고 있다는 것이다

　2

　하나둘 사라져 간다

　에코 넣은 과일 장수 마이크 소리가 더 이상 들리지 않
는 13층

6층 새댁이 하룻밤 새에 이사를 했고 모르는 이가 그 자리에 살기 시작한다, 나도 그이에게 그런 사람이겠지, 함 사세요, 목청 돋우는 오징어 탈, 창밖 국기 봉에 내걸린 조등, 더 이상 구경할 수 없다, 시절 타령은 여기서 그만

몸으로 익혀 가는 생활의 규칙

모른 체와 아는 체는 반반, 왼손엔 음식 쓰레기 오른손엔 시선 무마용 신문, 시간대 잘 골라 현관을 나서지, 고장 잦은 승강기 안에 교회 아줌마와 갇히는 일이 없게, 샛길 은행나무 곁엔 주차를 삼가지, 누군가 시장 보따리 안고 널찍이 귀가할 수 있도록

3

당신의 언저리에서 늦은 잠을 청한다. 오늘 밤 상상의 타종 소리는 아무래도 정염하다. 차라리 깨지거나 터지는 소리가 더 어울릴 서울 복판에서는

4

새라고 날아다니기만 하는 건 아니지, 나무에서 나무로
옮겨 다녀도 둥지는 당신 곁이지, 누군가의 누군가로 살기
위해 때로 깃털 뽑히도록 싸우지, 이상은 은행나무 꼭대기
에 위치한 까치집에 관한 비망록, 숨을 쉰다는 것은 그런 당
신을 지켜보고 가슴에 담는 것, 무심한 하늘에도 주인이 있
다는 걸, 저리 다부지게 생존권을 부르짖는 이가 9층 베란
다 밖에 살고 있다는 걸, 세세하게 증언하는 것, 그렇게 살
아온 시간과 살아갈 시간을 강화하는 것이지, 날짐승일수
록 들짐승일수록 어쩌면 부끄러운 나 자신일수록, 더욱 강
한 바람의 무료 변론이 필요한 것이므로, 까치 소리가 유난
히 시끄러운 오늘따라

5

확신할 수 없는 시간에 대한 불안한 면역, 살아가는 위험
에 대한 용감한 불감, 세상을 굴러 온 대로 굴러가게 하는
잘난 오불관, 아무도 이런 것들 따로 가르쳐 주진 않았지만

무명 손수건, 정성껏 빨아도 자국이 남는 것
실크 스카프, 아무리 다려도 첫 윤기가 나지 않는 것

6

라일락꽃이 간헐적으로 보내오는 창백한 향, 온전히 피지 않은 것에서 설핏 새 나오는 이미 핀 것의 희미한 살내, 그러다 이내 이울 것의 먼지 내음, 그런 4월의 바람 속에 서면, 깨어 있다는 것은 민들레 뿌리를 씹는 것, 햇살 진동하는 씨앗의 날개를 좇아 시간의 즙을 되새김질하는 것, 그러다 가끔 꼭 닮은 3동 할머니와 손녀가 아장아장 걸음 맞춰 나를 지나가는 것이지

7

의뭉해지는 것, 가끔 시치미 떼고 딴전 부리는 것, 늘어지고 훑쳐진 시간을 실패에 감다 보면 칫솔 수가 사람 수보다 많아지지만, 때로는 나란히 때로는 뒤엉킨 것들 사이에서, 멍드는 것은 피할 수 없지만, 간혹 늦은 귀가에서 내 칫솔 손잡이가 파랑인지 빨강인지, 세면대에 널브러진 이것이

마누라 것인지 딸 것인지, 이도저도 아니라면 혹 내가 버린 과거인지, 그냥 잡히는 대로 입안에 넣고 잇몸에 피가 나도록 닦아 대는 것, 온종일 삭은 구취에서, 헛구역질 두세 번에 어김없이 치고 올라오는 신물 속에서, 칫솔모 옆으로 누운 그놈, 살짝 꺼내 희미한 어둠에 걸어 두는 것, 아무 일 없다는 듯 하루를 마감하는 것, 거치대에서 밀려난 놈은 세면대 주변에서 며칠 놀다가, 운동화 구린내를 박박 문지르다가, 이내 욕조 곰팡이까지 쓱쓱, 그러다 마침내 플라스틱 수거함으로, 그렇게 칫솔의 일대기가 펼쳐지는 것, 세상의 언저리에서 먹고 싸고 출근한다는 것은

제4부

달빛 흉터

바닷가 찬바람은
깨진 거울을 생각나게 하지

물이랑 위로 튀어 오르는
달빛 수천 조각이 내 눈구멍을 파고 있어

달무리에 싸인 저것

소주 한 병 동무하다 바위틈에 내던진
성게 껍질 뒤집힌 속인 듯

방파제 때리다 저 먼저 박살난 파도
낙하 직후인 듯

바닷가의 초봄 추위
해피엔딩은 그다음에 아무것도 오지 않는 것이지

이제 웬만큼 멍들었고 그다지 심란하지 않으므로
달빛 주술사에게 조용히 건배

아니, 저것은 첫아이 볼에 난
화상의 흔적, 돌이킬 수 없고 지울 수 없는 것, 그뿐일 것

달이 찰수록 짙게 돋아나는 흉터
빛에 난 상처가 자라고 있어

달빛 기피 외상 증후

감상은 짓궂게 시계를 거꾸로 돌린다. 계단 오르는 하이힐이 등 뒤에서 껌 씹는 소리. 그냥 이대로 감각의 저주를 받아 보면 어떨까. 주문은 이곳에서. 창백한 영수증이 신용카드 유효기간에 매끈하게 다리를 포개고 나에게 왔다. 아무래도 구석에 앉는 버릇은 버릴 수 없다.

벽에서 늘어지고 있다. 살바도르 달리의 마법. 저대로 시간이 흘러내려 창밖 눈 세상에 가닿는다면, 폭폭 빠지는 운동화 자국 남기면서 그이가 입김 하얗게 다가온다면, 이렇게 풀린 태엽을 감아 본다. 아메리카노 한 모금 목젖에 닿자 다방 커피 달달하게 목구멍을 넘는다.

최루가스에 눈물 콧물이 엉긴 날에도 청춘은 가끔 캘리포니아 드림 같아야 했으리라. 리퀘스트 박스에 갇힌 신청곡으로 끝날지라도.

이 층 창가 금연석에 앉아 육각 성냥갑 꽉 찬 유황 대가리를 추모한다. 커지는 기다림의 부피를 하나씩 구축해 가던 성냥개피들. 한순간 무너지더라도 일없이 다시 시작할 줄 알았던 바짝 마른 쏘시개들. 지하 구석 탁자에 앉아 익

히던 교차와 균형의 건축학.

　한 노래가 세 번 끝나도록 나타나지 않았다. 짧고 화사하게 폭발해야 할 성냥들, 다 쓸어 담아 물 잔 옆에 다시 육각정을 세우고, 피카소가 걸린 계단을 걸어 올라 그래, 눈 그친 동천의 달빛 세상으로, 유유히.

　진화에는 추운 겨울이 적격, 머지않아 기다림의 아홉 꼬리를 모두 잘라 낼 것이다. 그래도 이렇게 함박눈이 소담스럽게 내리는 날은 재발된 달빛 기피 외상 증후인들 어찌 반갑지 않으랴.

천 개의 너트

자기 복제에는 항체가 무효하다

약지에 난 초승달 상처에서 두 갈래 손톱이 나란히 자
란다

손톱이 잘려 나가도 굳건히 제자리 지키는 흉터, 거기,
아무도 없다

가시의 끝이 찔러 대는 가장자리
잡히지 않아도 스칠 때면 아리게 일어나는 것

창밖, 햇살 되쏘는 강철 날갯죽지, 천 개의 너트가 천 개
의 볼트를 조이는 신경 수축
이렇게 날쌔게 날아갈지라도, 발아래 천 리에 목화꽃이
만개해도

잠꾸러기 사랑

졸음이 무서워 음악을 켜지, 마지막은 귀청 찢는 록이어야 해

껌 씹기는 필수, 냅다 구령 지르기, 간판 거꾸로 읽기, 그러다 뺨 때리기도 모자라 턱에 주먹까지 날리고 가까스로 살아남아야 해

세상에 미친 사랑은 없노라고 언제부턴가 왜 그렇게 말하게 되는지

이명, 환영, 끊김, 졸음, 갈수록 깊어지는 터널을 지나 밤샘 도착과 시 몇 줄로 청춘을 증명하고 싶지만

해만 떨어지면 졸고 있는 잠꾸러기 내 사랑아

십일월의 등짝

아침마다 서리꽃이 지는
십일월이면 길 떠난 네가 그립다

나무 의자, 그리고 우윳빛 전화기 한 대 고요하게 놓인
책상, 세상과 이어 줄 그거면 다른 것 다 놓아주고 시만 쓰
겠다던 소년, 여섯 숫자 차례로 드르륵, 누구에게 미완의
원을 그렸을까

대서양 아니 태평양 연안의 테라스 식당이었을 것이다,
살진 갈매기와 지는 해가 드나드는 거기, 붉은 눈으로 식탁
을 닦고 있는 청년, 그러다 낯선 알파벳들에게 하나둘 외로
운 숨결을 불어넣었을 누군가

가지 않은 길이 지나온 길보다 멀다
멀수록 실루엣이 아늑하다

안개 걷혀 가는 하늘가에 떠 있다, 지금의 나

간혹 달뜨게 갈망하고
아주 느리게 가고 있는 십일월의 등짝을 지켜보면서

또 야단나겠다

어제 온 카톡 오늘 받는다
빈집을 오가다 더디 배달된 소포 같은 것

함께 마시자던 아메리카노가 뒤늦게
네, 하고 갓 구운 커피 향을 낼 리 없겠지

신선도가 생명인 카톡 세상에서
느림보에 박치가 끼어들 촌각은 없겠지

살아가는 짓은
뭔가 맞물리지 않는 순간의 흔들림에
일부러 어깃장을 놓는 듯

기다림의 유효기간은 짧을수록 좋은 것

늦은 밤 보낸 사과 문자에
쌩 날아온 이모티콘 달랑 한 개

용서인지 포기인지 그냥 깜박이고 있다

대화 내용 지우고
채팅방 목록에서조차 사라지려면

나가기 아이콘, 터치

새벽 다섯 시

재채기는 난데없다
통제할 수 없는 몸의 경련

그건 발작이다

흰 거품 물고 마룻바닥에 오그라졌던 소녀, 혹 엄마가 됐
을까, 저만큼 수줍은 딸 키우고 있을지도

이제 이름도 떠오르지 않는─

어둠 속에 에어컨을 껐다, 왼쪽 콧물이 윗입술에 도달하
는 순간의 재채기, 팽팽하게 당겨졌다 놓이는 몸 밖으로 쏘
아져 나가는 뭔가, 부스스 일어나 앉는 그녀, 헝클어진 머리
를 만지다가 다시 돌아눕는

사흘째 열대야

마낭리 임마누엘 처치에 가다

입김에 날아갈 것 같다
고사리손으로 접고 풀로 붙였을
사각 봉투, 빈 가슴이 파리하게 열린다
풀 굳은 자국이 어린 바나나 잎줄기처럼 도드라져
긴 날갯죽지를 펴는 반투명

서둘러 꺼낸 20페소, 다시 100페소, 그 속에 담는다
필리피노 촌로 뒤에 주춤거리는 사이
행렬은 저만치

간혹 여행은 먼저 길 떠난 자와 대면하는 것이므로

아마 그런 탓이었을 것이다
합창단의 어둔 목구멍 속으로 끌려 들어간 것은

마낭리 정미소 곁에 세워진 임마누엘 처치
물 댄 논두렁에 싸여 있다

영어와 타갈로그어에 간혹 한국어가 뒤섞이는 예배
들려와서 알게 되기보다 알고 있어 듣게 되는 시간

황급히 1000페소 더, 오므린 봉투에

가냘파서
조심스레 쥐고 마주하려 하면
절로 허물어져 버리는—
기다리지 않는 내일 혹은 모레라도
날아오를 채비가 되어 있다는 듯
가볍게 날개를 접는—

늦게 도착한 이름 없는 새

한 송이 바나나도 담기지 못할 봉헌 바구니에
이미 쌓인 깃털들 위에
내려앉는다

허리와 뱃가죽 사이에 숨은
내 허기, 1,120페소

오늘은 참새

아침 창틀에서
깃털 다듬고 있다

180도 꺾인 부리가 연신
좌우로 또 위아래로 파고들고 있다

마르면서 가벼워지면서 부풀어 가는 흰 가슴 털
갓 벌어진 목화송이로 피어나는 듯

밤새 안녕?
찢기고 또 찢기던 어둠의 양철 지붕
차라리 비명이라 해야 할 마찰음들 속에서
바람 자신도 찢길 수 있다는 것
세상에 헛헛한 저것도 심장이 뛰고 그게 아프면
누구라도 사납게 할퀼 수 있다는 것

느닷없이 닥치는 시작마저 365일 데자뷰

침수 지역 방문을 마치고
마닐라 공항을 이륙하는 프란체스코 교황, 2015년 1월

19일에도
　태풍은 어딘가 폭우를 쏟았다

　전력이 채 복구되지 않은 소도시 나가의 또 하루
　다시 온 고요 속으로

　닭 우는 소리가 아침 바닥에 깔리고 있다
　바람의 심장도 처음엔 저러했을 것

　참새 떼가 털고 날아간 창가 모서리
　다시 온 시작이 마르고 있다

호스 앤 호스 클램프

십 년 된 포드
힘세다는 디젤엔진이 섰다
나가 시티에서 시보콧 가는 도로에서
보닛 새 나오는 김이
더 이상은 무리라고 우리를 세웠다
이 난감한 시간 속으로
벌거숭이 상체를 내미는 필리피노
자기도 운전수란다
라디에이터 캡을 맨손으로 돌리다
더운 김이 튀어나올까 눈썹을 으쓱댄다
마시는 물 가져와 냉각수 통에 붓는다
한 통 더 붓는다
그렇게 상처를 식히고 곤경과
선의가 헤어지려는 찰나
오래 묵은 엔진오일 색 피부의 그 아제
차체 아래로 뚝뚝 떨어지는 눈물을 보란다
얼마 전 마닐라까지 가서 수리했다는 차
나가 시티와 필리핀 수도를 오가면서
한 세월 인정을 실어 날랐던 차
이음매가 새고 있다

호스 앤 호스 클램프

큰 눈 깜짝대며 턱 주억대던 그이가

오토바이 타고 인근 마을로 구하러 간 사이

역시 그이가 내준 간이 의자에 앉아

우리는 망고나무 그늘과 대화 중이다

늘 그러하듯 문제는 연결점이다

연결이 끊긴 엔진

하늘로 열어 놓고 오늘 우리는

오갈 수 없는 시간에서 뭔가에 끌리듯

슬리퍼 친구에게 이어졌다

봉애 누님

너른 담쟁이 잎이 너울너울 쥐었다 풀어 주는 왜소한 허
공

골목 축대에 기미가 번져 가고 있다

잡티가 짙어 가고 있다

해거름의 볼터치가 강조하는 색조

길바닥에 쪼그려 앉은 햇살의 추파가 유하다

저물녘 담벼락은 누님 얼굴이 비친 석조 거울

홍조 띤 넝쿨에 젖은 이끼로 아이 새도우 진하게 드리
우고

병든 잎가에 배시시 분내 일으키는, 그 아득하고

좁은 셋방에서

이 세상 가장 짧은 정지

난데없이 눈이 내린다. 초봄 갈참나무 맨가지 사이로 유령 불이 넘나든다. 눈발 비질이 쓸어 가는 허공에서 절름발이 서넛 곱사춤 추고 있다. 여기서 곧추서는 것은 육갑 떠는 짓. 백에서 만으로 핵분열하는 기억의 빅뱅, 오리 떼 군무 추듯 몰려다닌다. 풀려나가는 수천 무명 실타래, 끊어진다, 사라진다. 오늘은 모든 약속이 위법하다. 자리 지키고 기다리는 자는 즉시 참하라. 하늘에 거주하지 못하는 자, 눈보라가 저리 아우성으로 예언하는 것, 지킬 수 없는 것보다 버릴 수 없는 것이 더 아프다는 것. 유일한 황제는 바람이려니, 허공을 주유하는 너희, 다들 헛디딘 발로 현기증 속에 헛돌리라. 숨 가쁘게 도착한 이 세상 가장 짧은 정지, 어디든 닿자마자 녹아내리리라, 쌓이지 못하는 것은 모두 눈물이 되리라.

딱따구리에게는 두통이 없다

순천만 습지에는
죽어도 아름다운 것들이 떼 지어 살고 있다

먼 곳을 오래 품어서
머리 조아려 바람의 길을 열어서

비로소 꽃이 피는 것, 아니 하얗게 새는 것
그런 갈꽃, 잠깐 내려보다가, 세 그루 연속 쪼아 대고 있
다

찍는 소리보다 이후 떨림이 더 멀리 퍼져 가는
초저녁 동천에 구멍을 내고 있다

꽉 막혀도 텅 비어도
울림은 시원찮아, 땅끝에 가장 어울리는 소리통은

까막딱따구리가 쾌속 연타로 쳐 대는 벼락 맞은 은사시
나무

살자고, 아니 다시 태어나자고, 애벌레가 파먹은 나무

속 어둠

썩은 자리 찾아 타진(打診)하고 있다

일침에 일침, 상처에 상처, 온 머리가 흔들려도

너에게는 두통이 없다

겨울의 심장, 후회 없이 찍어 댈 줄 아는 까닭에

상실 이후 세상의 詩가 시작되었다

신진숙(평론가)

모든 것이 상실된 후 모든 것이 다시 시작된다. 어떤 사건은 시간을 거슬러 존재한다. 끝내 망각을 거부하며 끊임없이 기억되기를 요구한다. 아마도 역사적 트라우마가 그럴 것이다. 참혹 속에서 살아남은 자가 지게 될 숙명적 고통. 참혹을 기억하는 것은 생존자의 책무이다. 살아남은 자의 시간은 언제나 이미 사건이 시작된 그날, 그 자리로 되돌려진다.

시간이 흘러도 고통은 사라지지 않는다. 사건을 재현할 말이 존재하지 않기 때문이다. 고통은 모든 일상적인 감각과 언어를 압도한다. 감각할 수는 있지만 말할 수는 없다. 몸속에 생생하게 각인된 물질적인 사실들은 상징화의 길을 거부한다. 극심한 고통이 붕괴시킨 것은 마음뿐만이 아니다. 정상적인 언어체계마저 무너져 내린다.

그럼에도 어떤 방식으로든 상실은 언어가 되어야만 한다. 그렇지 않으면 상실이 파놓은 공허가 삶 전체를 위협하게 될 것이다. 재현의 노력은 붕괴된 삶에 연속성을 되찾아 주리라. 고통을 서사화 과정에 기입함으로써 삶의 수동성을 능동성으로 변환해갈 수 있다. 트라우마를 넘어 혹은 그것과 함께 새로운 주체가 구성되는 것이다. 그럼에도 상실의 극장은 언제나 모호하다. 의미와 아직 의미가 될 수 없는 것들이 뒤섞이면서 시작되기 때문이다. 상실에 의해 만들어진 의미의 공백은 정상적인 흐름들을 변경하고 사물들을 새롭게 배치하게 될 것이다. 그러므로 상실은 어느 순간 정신이 된다.

재현할 수 없는 것을 기억해야 하는 것은 그 자체로 모순이 아닐 수 없다. 그러나 시는 언제나 그렇듯 모순 속에서 태어난다. 양균원 시인 역시 마찬가지다. 그는 상실과 그 이후의 삶으로 이루어진 시간들에 관해 이야기한다. 상실된 것이 무엇인지는 분명하지 않다. 어떠한 설명도 제공되지 않기 때문이다. 실제로 시인이 사건을 표현하는 방법은 지극히 사실적이며 군더더기가 없다. 풍경은 안전하다. 그러나 평온해 보이는 풍경의 표피를 뚫고 어떤 불가해한 감정들이 갑작스럽게 터져 올라온다. 일상의 표면을 뚫고 무의식적인 풍경들이 틈입한다. 이 점이 흥미로운데, 사실주의적 태도는 시적 주체의 자리를 풍경에게 내어주고 시인은 풍경 뒤로 숨는다. 사실 그대로 노출된 풍경이 스스로 이야기를 하도록 만든다. 사물이 충실하게 재현되는 과정에서 상실의 중핵이 조금씩 제 모습을 드러낸다. 그렇다면 양균원 시인이 포착한 상실의 세계는 어떤 것인가.

나는 내가 없는 곳에 존재한다

　시간은 멈추지 않는다. 그리고 많은 것을 변형시킨다. 단
순히 규칙적으로 동일하게 흘러가는 시간이란 존재하지 않
는다. 모든 시간은 사물의 시간이자 존재의 시간이다. 따
라서 시간은 하나의 존재가 변해가는 시간이다. 젊음에서
늙음으로, 새것에서 낡은 것으로 이동해 가는 그것은 외피
의 변화만을 의미하지는 않는다. 시간은 사물 자체를 변환
시킨다. 전혀 예상할 수 없었던 시간들이 태어나고 사라진
다. 그것은 시간의 점성(黏性) 때문이다. 즉 무한히 흘러가
기만 할 것 같던 시간이 어떤 사건의 폭발로 인해 어딘가에
고이기 시작한다. 상처를 입으면 피가 고이듯, 상실의 순간
에 집중된다. 원래 흐름으로부터 절취된 이 시간들은 정지
된 상태와 비슷하다. 그러나 그것은 멈춘 것이 아니라 사물
내부에 수많은 주름으로 응축되는 과정이다. 시간이 정지
된 자리에서 발생하는 의미의 공백은 겹겹이 새겨진 의미의
과잉과 다르지 않다. 일상적인 문법체계 속에 등기될 수 없
는 상실이 시간의 무한한 흐름을 축적해 자신만의 의미 덩
어리를 만들어낸다.

　양균원 시인은 시간의 점성에 주목한다. 기실 그의 시에
는 수많은 시간들이 등장한다. "꼬리뼈가 간지러운 시간"
(「나 홀로 브런치」), "까치마저 탐내지 않는 시간"(「서울 까치 식
이요법」), "백치의 아침"(「몽당비누 거품으로」), "햇살 눈부신 시
간"(「붓꽃이 아냐」), "재개발 직전의 오갈 데 없는 시간"(「하늘이

서 있다」) 등 무수한 삶의 국면들과 마주한 시간들이 존재한
다. 중요한 것은 바로 이러한 시간의 차원들은 삶의 다양한
양태일 뿐만 아니라 다양한 감정의 형식이라는 점이다. 그
만큼 시간은 굳어진 하나의 의미가 아니라 의미와 아직은
의미가 아닌 비(非)의미들의 관계로 존재한다. 즉, 시간은
균일하지 않다. "갈수록 점성이 더 강해지는 게 있"(「세월의
묽은 풀」)고 그렇지 않은 것이 있다. 이를테면 시간의 점성은
시간의 물화(物化) 속에서, "깊이 짓눌려 누렇게 굳은 호박
(琥珀)"과 같은 것을 만들어내기도 한다.

평생 자라는 게 있다

성장판이 닫히고 달걸이가 멈춰도

아무도 모르게 자라는 게 있다

알츠하이머의 잠 속에서도 쉬지 않는다

성욕보다 더 질긴 독종

그새 무좀균에 문드러졌다

깊이 짓눌려 누렇게 굳은 호박(琥珀)

굳은살 열고 자꾸 내게 온다

예전엔 색색이 매니큐어가 반짝였을 것

한꺼번에 잘라 내기엔

층진 세월이 너무 두껍다

행여 속살에 닿을까

발가락 열 개 요모조모 하나씩 헤아리다

차가운 손톱깎이로 혹 맨살을 집으려면

아, 감싸 안기에 너무 왜소한 저 움츠림들

그녀의 발끝

까마득한 절벽에서

꿇어앉은 내 두 무릎

푸른 추리닝에 떨어져 꽂히는

발톱 조각 날 선 가시들

두 마리 고슴도치 성난 등짝

갈 곳이 없다

                 – 「고슴도치 두 마리 갈 곳이 없다」 전문

    양균원 시인은 평온한 것이 실은 날카로운 감각들을 내포한 것일 수 있음을 강조한다. 조용한 것은 소란한 것보다 위험할 수 있다. 일상적인 삶에서 극심한 상실은 경험될 수도 말해질 수도 없는 감각이기 때문이다. 어떤 상실은 그것을 감각하기 위해 "평생"이라는 시간을 요구하기도 한다. 그럴 때 삶이 변형돼가는 과정은 비가시적일 수밖에 없다. 상실은 고요하고 느리게 삶을 잠식해간다. 그것은 거의 무의지적이고 무의식적인 과정이어서 고통이 신체의 변형을 통해 자신을 알릴 때까지 주체 또한 알아차리지 못한다. 삶은 고통을 회피하는 "무통"(『허공에 독을 타라』)의 시간으로 점철되어 있다. 예를 들어 슬픔은 "무좀균"이 된 후에야 비로소 발견된다. 상실이 '평생' 동안 삶의 내부에 살아 있으면서 주체의 일부로 존재한다는 것은 변함없다. 다만 그것을 모르는 척 할 수 있을 뿐이다.

이는 무엇을 말해주는가. 상실의 감각은 일상적인 감각 체계 바깥에 존재한다. 그것은 존재하지만 이름을 부여받지 못한다. 무좀균이 "아무도 모르게 자라"날 수 있었던 이유가 여기에 있다. 그러므로 변형된 신체는 수많은 세월 동안 하나의 존재가 자신도 모르는 채 사투를 벌여야 했던 흔적이기도 하다. "발톱 조각 날 선 가시들"이 어느 순간 "두 마리 고슴도치 성난 등짝"처럼 보이는 것은 그 때문이다. 평범해 보이던 것이 완전히 다르게 출현하는 순간이다. 사물의 의외성이 자신의 모습을 드러낸다. 비슷한 맥락에서 「투명 우산」이라는 시도 읽어볼 수 있다. "실핏줄 저며 오는 내 안의 빗물이/ 보이지 않는 우산 탓인가 하여/ 아예 단정하게 접었으나" 그것은 어느 순간 "아무도 알지 못"하는 "시퍼런 살기"를 드러낸다.

이러한 상실의 극장에서 시인은 무엇을 할 수 있는가. 그가 할 수 있는 유일한 일은 더 많이 '기억'하는 것이다. 시인은 상처에 잠식당한 그녀의 발톱을 깎아주며, 그녀의 삶에 무릎 꿇고 더 가까이 다가서려 한다. 상실의 참호에서 살아남은 동지에 대한 책무를 다하지 못한 자신을 반성한다. 상처 속에서 "색색이 매니큐어가 반짝였"을 과거를 기억해낸다.

그렇다고 해서 상실의 대상과 원인이 드러나는 것은 아니다. 고요한 풍경들은 여전히 의미의 공백들과 함께 존재한다. 공백을 통해 풍경을 다시 보지 못한다면 의미는 드러나지 않을 것이다.

이러한 시각을 확대하면 존재의 의미를 한 순간 포착한다는 것이 불가능한 일임이 드러난다. 한 존재의 내면을 완벽하게 포착할 수 있는 유일한 시각이나 관점은 존재하지 않는다.

기운 두상을 대칭으로 세우느라 2분 초과
나는 7분에 완성되었다

여권 첫 장에 박힌 얼굴

응시당하기 위한 포즈에서
귀 드러낸 내가 정면을 응시하고 있다

언제부턴가 사진은 빛보다 그늘을 강조하기 시작했으므로
드러내고픈 것보다 감추고픈 것이 더 많아졌으므로

오늘의 나를 외면하고 싶은
나를 증명하는 것은

지금 이곳의 내 모든 근황을 얼굴에 기록하는 것이어서
추억이나 꿈이 애초에 아니어서

거부당한 옛 사진에 아직 맴돌고 있는 저 윤기

몇 장의 출입국 도장들과 더불어 근엄한 내가 만료되
었으니

사진관 구석에서 벼락치기로 완성되는 사실주의
10년은 유효할 나의 최근에 마주하여 나는

잃어버릴지도 모를 것에게 돌려보낼 곳을 적으려 한다

여권 마지막 장의 텅 빈 주소란
청사 느티나무 잔가지 사이로 새고 있는 겨울 햇살

온기 닿지 않는 것들 곁에 용케 빛나고 있다

도로명 번지수가 언뜻 틀린 듯해서
아무것도 내 것 같지 않아서

낯선 길 위에 서는 것, 이것이 전부인 순간의 쓸쓸 속
으로

가 보지 않은 나라의 내 주소는
계속 비워 둘 것

― 「너희들의 거처」 전문

사진 속의 나는 누구인가. 과연 그것을 나라고 부를 수 있

을까. "나는 7분에 완성"된다. 그리고 그것은 앞으로 10년 동안의 나의 최근이 되어줄 것이다. 그러나 그것은 삶이라는 연속된 흐름 속에서 일시적으로 포착된 불연속면에 불과하다. 나의 사진은 나의 어떤 진정한 모습을 확인해주는 근거로 사용될 수 없다. 나는 끊임없이 다른 모습으로 변이해가며, 어떠한 사진도 그러한 변형을 완벽하게 재현해낼 수는 없다.

하여 시인은 나의 거처가 어디에도 없다고 말한다. "아무것도 내 것 같지 않"으며, 나는 "가 보지 않은 나라의 내 주소" 속에 존재한다. 삶은 내가 살았던 모든 거처들을 잃어버리는 일에 다름 아니었다. 따라서 나라는 존재는 내가 부재하는 곳에 존재한다. 나 자신을 설명하거나 재현할 수 있는 완전한 언어의 집은 이 세상에 존재하지 않는다. 나는 어떤 의미에서 비워진 공백 그 자체라고 말할 수 있다. 그러므로 나의 최근은 나에 대해서 아무것도 말해주지 못한다. 나는 재현 불가능하다.

상실의 극장

상실의 극장은 언어로 써진다. 그러나 그것은 어떤 것도 말해주지 못한다. 의미가 될 수 없는 고통과 그것을 어떤 방식으로든 서사화하려는 노력 사이에 모순이 발생한다. 상실의 극장은 언제나 찢겨진 언어들이 흘러넘친다. 상실이 무대에 상연되는 동안 무의식은 언어의 표면 위로 올라온다. 그러나 그것은 잠시 동안만 허용된다. 무의미들이 무대 위로 올라오는 순간, 모든 것이 폐허로 변해버리고 말 것이다. 상실의 감각은 허용되는 동시에 저지당하지 않으면 안 된다. 하여 의미의 공백들이 재현의 무대 위를 유령처럼 떠다닌다. 의미 이전 혹은 감각 이전의 어떤 것들이 흘러 다닌다.

그러나 시인은 상실의 무대를 떠날 수 없다. 끊임없이 증상으로 발현하는 공허한 어둠의 눈과 마주하며 시인은 시 쓰는 일을 멈출 수 없다. 그것은 고통의 기록인 동시에 공백을 재현의 체계로 옮겨놓으려는 모순된 노력이다.

바닷가 찬바람은
깨진 거울을 생각나게 하지

물이랑 위로 튀어 오르는
달빛 수천 조각이 내 눈구멍을 파고 있어

달무리에 싸인 저것

소주 한 병 동무하다 바위틈에 내던진
성게 껍질 뒤집힌 속인 듯

방파제 때리다 저 먼저 박살난 파도

낙하 직후인 듯

바닷가의 초봄 추위
해피엔딩은 그다음에 아무것도 오지 않는 것이지

이제 웬만큼 멍들었고 그다지 심란하지 않으므로
달빛 주술사에게 조용히 건배

아니, 저것은 첫아이 볼에 난
화상의 흔적, 돌이킬 수 없고 지울 수 없는 것, 그뿐일 것

달이 찰수록 짙게 돋아나는 흉터
빛에 난 상처가 자라고 있어

                             – 「달빛 흉터」 전문

　"달빛 흉터"는 햇살 속에서는 보이지 않는다. 잘 감추어져 있다. 달빛의 시차 속에서만 관찰될 수 있다. 흉터를 제거하는 것은 불가능하다. 시인이 무엇을 잃어버려야 했는지 알지 못하기 때문이다. 흉터는 봉인된 언어와 같다. 그럼에도 기록될 수 없는 고통을 증명하는 유일한 흔적은 '흉터'뿐이다. 그러므로 시적 주체는 흉터가 증언하고 있는 슬픔이 무엇인지 알지 못한 채 흉터와 마주해야 한다. 어떤 의미에서 흉터는 재현할 수 없는 '거울'이다. 모든 것을 비추고 있지만 아무것도 말하지 않는다. 즉, 시인이 상실한

것은 특정한 대상이 아닐 수도 있다. 그가 진정으로 상실한 것은 세상을 비추어줄 '의미의 거울' 자체이다. 더 이상이 세상을 조각나지 않은 풍경으로는 바라볼 방법이 그에게는 없다.

그러므로 흉터는 "깨진 거울"이다. 시인이 이 깨진 거울을 통해 조우하는 세상은 "달빛 수천 조각이 내 눈구멍을 파고" 있는 풍경이다. 달빛에 세상을 비춰보려 하면 할수록 모든 것이 산산조각 나고 말 것이다. 거울을 정면으로 바라보는 순간 눈이 멀게 될 것이다. 거울 속에는 눈으로 바라볼 수 없는 "빛"이 있다. 그 빛은 세상 모든 것을 있게 한 근원이자 힘이다. 그러나 그것을 마주하려 하는 순간 화상을 입는다. 흉터는 고통의 원인으로 빛을 가리키고 있지만 그것은 지시될 수 없다. 따라서 만일 상실의 무대가 의미화에 성공한다고 해도 시인이 마주하게 될 현실은 지금보다 더 잔혹할 것이다.

그래서 시인은 다른 "해피엔딩"을 꿈꾼다. "그 다음" 생이 존재하지 않는 삶. "첫아이 볼에 난 화상의 흔적"처럼 영원히 각인된, "돌이킬 수 없고 지울 수 없"는 상처 앞에서 시인이 할 수 있는 것은 아무것도 없다. "빛에 난 상처"를 보듬고 달래며 "웬만큼 멍들었고 그다지 심란하지 않"을 때까지 살아가는 것뿐. "손톱이 잘려 나가도 굳건히 제자리 지키는 흉터, 거기 아무도 없다"(「천 개의 너트」). 그러나 "잡히지 않아도 스칠 때면 아리게 일어나"(「천 개의 너트」)는 고통이 있다. 그것은 존재하지만 존재하지 않는 것이다. 상실의 극장은 우리가 살고 있는 세계와 나란히 상연되고 있으나 감지되지 않는다. "평행우주"(「고흐의 별빛」)와 같다.

그렇다면 발설될 수 없는 고통들은 무엇이 되는가. 양균원 시인은 고통의 오랜 침묵이 일상세계의 막을 뚫고 올라와 분출하는 것을 포착해낸다. 슬픔이 멈춰 있는 어떤 것이 아니라 살아 움직이는 생명체 같은 것임을 깨닫게 된다.

거실을 지나 부엌으로
낯익은 어둠을 횡단하는데
한순간 발바닥이 차갑게 도달하는
강 밑바닥의 흔들리는 어지럼
처음엔 물주전자가 흘린 거라고 여겼다
다음엔 설거지물이 튀긴 거라고 여겼다
밤에, 아무도 더 이상 널 집적이지 않는
지속 가능한 침묵에서
네가 모으고 모아
흘려보내는 눈물인 줄 알지 못했다
문을 열어 두니 띵띵 전자음이 예쁘게
네 차가운 속을 열어 두지 말라고
경고한다, 닫는다, 닫혀서 조용한 네가
닫아야 살맛나는 네가, 혼자 있겠다던 네가
밤새 무슨 짓을 벌인 것이냐
며칠째 닦아 주기만 하다가
오늘, 전문가를 불렀다

나는 마음으로만 다가가기 일쑤여서

곁에 있어 주면 족하다고 여기고

네 육신의 병을 치유할 도리가 없었기로

그렇게 눈길만 주는 존재라는 걸

깨닫고, 미안하다

네 냉정한 품에서 오늘도

서리꽃이 핀 한 조각 붉은 수박

단맛의 위로를 꺼낸다

허락 없이 훔치기만 해서

역시 미안하다

- 「잔수 결빙」 전문

　상실에 접근하기 위해서는 그것이 스스로 자신의 모습을 분출하는 균열의 시점까지 기다려야 한다. 언어가 되지 못한 슬픔들은 한밤중에 조금씩 깨어나 세상 밖으로 삐져나온다. 의식의 주체가 지배하는 낮 시간을 피해 어둠이 만드는 열린 무의식의 밤에 상실은 비로소 자신의 이야기를 시작한다. 오랜 시간의 침식을 견딘 후에도 상실의 고통은 제거되지 않고 존재하고 있었던 것이다. 언제부터인가 기억의 작업은 상실이 처음부터 없었던 것처럼 인식하기 위한 것으로 변질되어왔다. 슬픔은 마치 "낯익은 어둠"과 같은 것으로 치부된다. 기억의 화석화와 기념비화에 동시에 발생한다. 기억 자체를 기념할 수 있는 사건으로 대체함으로써 본질적으로 재현 불가능한 상실의 의미 혹은 무의미를 재현의 바깥으로 밀어내는 것이다. 상실을 기념비 안에 가둘 수 있을 때 비로소 망각이 가능해진다. "단맛의 위로"를 이어갈 수 있다.

그러나 슬픔이 존재의 내부에 폐제되어 망각된 채로 살아갈 수 없는 순간이 도래한다. 상실이 스스로 "눈물"을 모으고 모아 세상 밖으로 흘려보내는 날이 생겨난다. 결빙된 눈물들이 세상 밖으로 흘러나온다. 그리고 한순간도 슬픔이 소멸된 바 없다는 것을 알린다. 슬픔은 망각을 요구하는 일상적인 세계와 융해되지 못한 채 의미의 망을 뚫고 분출해 기어이 올라오고야 만다. 시인은 그것이 고통을 함부로 소멸되었다고 믿는 세상에 대한 "경고"라고 생각한다. 닫힌 문장들 속에서 조용히 터져 나오는 슬픔을 더 깊이 마주하지 않은 것에 대한 문책.

트라우마를 넘어

시는 생존자의 내면에 자리한 트라우마를 언어 속에 각인한다. 그것은 어떤 결과를 낳는가. 시인은 고통의 재현불가능성을 삶에 대한 죄의식이 아니라 책무로 변환한다. 모든 상실이 자신이 설치한 극장에서 끊임없이 죄를 상연하도록 만들지만, 그것은 다른 고통의 "재발"(「달빛 기피 외상 증후」)을 중지시키는 대항적 의미를 지니고 있다. 상실의 극장을 통해 비로소 생존자는 자신의 존재 의미를 발견하며, 주체화 과정에 참여한다.

그러므로 주체화의 과정은 생과 사의 경계에서 생의 편에 서는 것이다. 타나토스적 파괴의 감정들이 그것의 에너지와 동일한 정도의 에로스적 지향으로 변환될 수 있도록하는 것이다. 인간이 살아가려는 노력인 '코나투스'를 회복하는 것이 때로는 무의미를 극복하는 진정한 힘이 될 수 있다. 삶은 죽음의 트라우마를 넘어 진정으로 다시 살아가라고 명령한다. 양균원 시인은 "잊으려고 간직하는 것들을 위한/ 맨 아래 늙은 서랍이/ 예고 없이 열리는 이 느낌"('포커페이스」)을 향해 두려움 없이 또 한번 앞으로 나아간다.

숫자 몇 붉게 허공에 떠 있다
세밑 어둠 속에 나란히 자세 잡는 놈들
지금은 셋이서 걷고 있다
들려오는 층간 소음
누군가 가지런히 파를 썰고 있다
어둡고 먼 무등산이 바람을 일으킨다
곧 냉장고가 참았던 코를 골 것이다
아직 셋인데 짝이 바뀌었다
어둘수록 붉게 타오르는 시간들
첫째와 둘째 사이엔 어느새
두 점이 들락날락 이간질을 하고 있다
오일팔이 마침내 끝났다
일어나야겠다, 오늘도 감상은 금물

114

혼자 씻고 밥 안치고 국을 끓일 것이다
육십이 막 변심하는 참이다
어서 골목 청소까지 마쳐야겠다
　　　– 「누군가 가지런히 파를 썰고 있다」 전문

　산다는 것은 일상의 반복이다. 혼자 씻고 밥 안치고 국을
끓이면서 일상적인 삶을 살아가는 것. 그러나 그것은 쉽게
주어지는 것이 아니다. 삶의 반복을 끊고 솟아오르는 참혹
한 사건이 있은 후, 일상을 유지하는 반복 자체가 불가능하
게 되어버리기 때문이다. 그럴 때 일상을 유지하기 위해 노
력하는 것 자체가 슬픔에 대한 하나의 대항이 될 수밖에 없
다. 물론 그것은 습관의 삶을 이어가는 것이기도 하지만,
삶의 연속성을 회복한다는 의미가 더 강하다.
　이렇게 해서 새롭게 구성된 삶은 "변심"일 수 있다. 그러
나 삶의 흐름을 끊고 불연속적으로 솟아오르는 상실의 순간을
영원히 반복하는 것은 진정한 의미의 기억하기가 될 수 없
다. 기억은 삶의 연속 속에서 무의미한 것으로 자리한 상실
을 삶의 내부에 재기입하는 것이 되어야 한다. 따라서 어떤
의미에서 변심은, 상실이 드디어 다른 것으로 대체됨으로
써 존재의 의미를 회복하게 되었다는 것을 의미한다. 그것
은 더 이상 상실이 안긴 고통에 압도되지 않는 것이다. 삶
의 의지를 회복하는 것. 누군가는 여전히 "가지런히 파를 썰
고" 있어야 하지 않겠는가. 삶이 아픔을 반복하지 않기 위
해 끊어진 삶의 시간을 이어나가야 하는 것이다. 시인은,

씻고 밥을 먹고 골목을 청소하는 소소한 일들을 통해, 상실의 시간을 딛고 일어나 조금 더 앞으로 나아갈 채비를 한다.

그리고 드디어 "죽어도 아름다운 것들"이 아직도 세상 어딘가 존재하고 있음을 발견한다. 발견은 새로운 깨달음으로 이어진다.

순천만 습지에는
죽어도 아름다운 것들이 떼 지어 살고 있다

먼 곳을 오래 품어서
머리 조아려 바람의 길을 열어서

비로소 꽃이 피는 것, 아니 하얗게 새는 것
그런 갈꽃, 잠깐 내려보다가, 세 그루 연속 쪼아 대고
있다

찍는 소리보다 이후 떨림이 더 멀리 퍼져 가는
초저녁 동천에 구멍을 내고 있다

꽉 막혀도 텅 비어도
울림은 시원찮아, 땅 끝에 가장 어울리는 소리통은

까막딱따구리가 쾌속 연타로 쳐 대는 벼락 맞은 은사
시나무

살자고, 아니 다시 태어나자고, 애벌레가 파먹은 나무
속 어둠

썩은 자리 찾아 타진(打診)하고 있다

일침에 일침, 상처에 상처, 온 머리가 흔들려도

너에게는 두통이 없다

겨울의 심장, 후회 없이 찍어 댈 줄 아는 까닭에
　　　　　　　－「딱따구리에게는 두통이 없다」 전문

　"겨울의 심장"이 상실을 경험한 육체를 상징한다면, 까
막딱따구리는 이러한 시간이 정지한 육체를 부리로 찍어 집
을 만드는 존재이다. 순천만 습지는 죽어가는 것들로 가득
하다. 어떤 생명의 기운을 찾는 것도 불가능해 보인다. 그
러나 죽음의 풍경을 다시 자세히 들여다보는 순간 그 속에
서 "살자고, 아니 다시 태어나자고" 어둠 속에 삶의 터전을
마련하려는 존재들이 있음을 알게 된다. 그들이 만드는 울
림은 어떤 "두통"도 없이 순정하다. "일침에 일침, 상처에
상처, 온 머리가 흔들려도" 그들은 후회 없이 삶을 유지해
나아가기 위해 온 힘을 다한다. 상실의 고통을 끊임없이 되
뇌느라 사는 노력 자체를 유실한 존재들은 어디에도 없다.
　어떤 의미에서 까막딱따구리처럼 존재의 의미를 다하는

것은 상실이 우리에게 던지는 진정한 메시지일 수 있다. 딱따구리는 상실이 만들어내는 의미의 공백이 어떻게 다른 삶의 의미로 가득 찰 수 있는지를 보여준다. 따라서 양균원 시인이 삶의 공허를 대하는 태도는 이중적이다.

한편으로 시인은 죄의식 속에서 살아간다. 그것은 상실 이후에도 살아남은 생존자의 감정 같은 것이다. 그러면서 다른 한편으로는 그 모든 생각들 밖에서 그래도 여전히 존재하는 것의 의미를 찾는 노력을 계속한다. 삶은 부정됨으로써 다시 시작되어야 한다. 어떤 죽음도 헛되지 않아야 한다. 따라서 시인은 두 겹의 언어, 두 겹의 삶을 이어간다. 한번은 무의미의 언어로, 다음번에는 의미의 언어로 삶을 기록한다.

슬픔이 없는 사람은 없다. 그러나 슬픔에 사로잡혀 자기 연민에 젖지 않기란 쉽지 않다. 양균원 시인은 끊임없이 슬픔의 근원에 도달하고자 노력하지만 한 번도 자기 자신을 동정하지는 않는다. 그에게 상실은 그 자신의 것이 아니라 시대의 것이며, 슬픔에 투항하지 않는 것은 역사 속에서 살아남은 자의 책무이자 의무라고 생각한다. 시와 실존의 의지가 강력하게 맞물려 있다. 세상의 모든 시가 상실 이후에야 비로소 시작되는 이유를 알 것 같기도 하다. 독자들이 이 시집을 읽으며 존재의 의미를 더 깊이 성찰할 수 있는 기회를 얻기 바란다.